桜鯛

Mamiya Nobuko

間宮伸子句集

青磁社

冬晴や日に日に高く浅間山

櫂

桜鯛＊目次

句集

桜鯛

夏

孟宗の節白々と夏に入る

日傘さして入る竹林世界かな

靴箱に入れて筍届きけり

夏立つやするりと抜ける烏賊の腸

風入れてたよりなきかな更衣

滴りにゆるる花あり名は知らず

花よりも大きなつぼみ泰山木

泰山木の花は光の器かな

亀の子の逃げんとするをひき戻し

眼の形きれいに抜けて蛇の衣

虫干や母の遺品に父の文

波の音響く茅の輪をくぐりけり

子二人に未来が二つ雲の峰

列柱のごとき断崖夏つばめ

蕗を煮て父母と居る心地かな

海猫は波より白し一万羽

縁側で足をぶらぶら冷し瓜

笹の葉を開けば花か鱒の鮓

風涼しひと日で潰すトウシューズ

昼寝せぬとは可愛げのなき人よ

葉は先に眠つてしまひ合歓の花

白牡丹開き山々うつとりす

籐椅子や老いてこの先無計画

ハンモックワーズワースの詩を想ふ

こころ今この世にあらずハンモック
道をしへ教へ疲れて眠りけり

夏至の夜の腥き手をなめる猫

蕘吾に貧しき戦後あり

雨蛙今日にして今日はや古ぶ

退職後十万時間ところてん

当たりては微笑み返す草矢かな

母の髪洗ふ「あなたを生んでよかつた」

子を呼びに来し子の声や蟬の中

蟬の殻脱ぐ音のする夜明けかな

芭蕉布に透けてきびきび肘うごく

香水をつけて女の戦ひへ

ささやきの声がみどりの繭の中

青葉ごと回転ドアー廻りけり

ボートこぐ君に一生を託せとや

みしみしと開く芍薬一夜がけ

サマードレス昔は電話壁へ向き

一夜ぢゆう目覚めゐるなりアマリリス

昼顔やきのふ忘れろけふの花
紅はちす一つに一つ影流る

子を産みし後の熟睡や大夕焼

吾を思ふ母の句のあり明易し

母

長男に亡き夫重ね白絣

夫となる人腕太し水羊羹

わが一生まだまだつづく葛桜

不安な青春ヨット部の二人かな

夕涼み夜が隣に来てをりぬ
口笛は昭和のしらべ箱庭に

金魚すくひなさけに一つくれにけり

残されて退屈である砂日傘

百合横抱きに高速のエレベーター

ヨット白し葉山に母を訪ねし日

赤富士や道理を通す人となれ

伸びすぎて間の抜けてゐる茄子かな

ポケットウィスキーザックに入れて氷河まで

母に死の翼の生えて夜の秋

滴りは山の歓喜や滴一滴

秋

熱き茶を飲みつつしんと敗戦忌

若き父老いし母乗せ茄子の馬

七夕竹短冊軽く眠りをり

今生の花野といはん棺の中

山々やあかつき色の桃をむく

台風一過毬藻元気に回転す

立ちしまま鯨は眠る星月夜

オリーブの実や漆黒の十三夜

月光を浴びて菩提樹涼しからん

切り売りのはてに冬瓜なくなりぬ

蓑虫と遊ぶ風船かづらかな

風船葛なかは溜息ばかりとや

鵙の贄まだあをあをとしてをりぬ

磯鴫のあそぶ海辺の家を買ふ

つぎつぎと子をなす蘇鉄良夜かな

里芋に子芋孫芋良夜かな

花梨の実青空高く忘れられ
洋梨のやうには詩心追熟せず

坂上る秋夕焼の只中へ
ひとつづつ富有柿にみなバーコード

何怒る鰍はまなこ三角に

酢橘しぼり阿波の光をしぼりけり

紅葉の崖軽々と滝かかる

わが町の老いて静かな夜長かな

絶望が行つたり来たり夜長かな

悲しみのまん中に来る小鳥かな

オルゴール秋の光のやうに鳴る

朱の斑甘子も下る水の秋

一尺もある刀豆の重たしや

トラックの荷台に立ちてホップ摘む

湖に真雁五万羽ひと休み

世の中を知らぬふたりや銀杏の実

冬

白鳥は水の花とや諍へり

鯛焼や生れ替はりて鯛になれ

日記買ふ恋はいつしか友情に

木守や一度聞きたき父の声

太陽の匂ひしてゐる枯野かな

プラタナス枯れてブーツの季節来る

時雨るるやすぐ陽のもどる浮御堂

凩は島を一周して海へ

あかあかと炭は熾りぬ亥の子餅

かつぶしの袋猫にも年用意

笹鳴や湯が走り去る伊豆の坂

海風の音聞きながら煮凝りぬ

名は太陽大輪にして冬牡丹

牡丹焚く香りの中にしばし我

牡丹焚焔静かにひるがへる

河豚の膳みなとみらいを雲ながれ

海鼠にも喜びの日のありぬべし

蕪煮るやみぞれの色のしみるまで

十八歳雪の穂高に眠りけり

白富士へ晴々と干す布団かな

太陽に最も近し干布団

尾白鷲万里飛び来て雪の木に

雪折やミモザは蕾びつしりと
しばらくは知らない人と炬燵舟

土もまたけもののごとし冬眠す

極楽はあるかも知れず冬すみれ

枯草にとまりて蝶の顔静か

魴鮄は大きな顔で嘆きけり

詠みたきは泥大根のやうな句を

太陽さす大根の穴すこやかに

大根焚大根と心通ひ合ふ

水鳥の二羽増えてゐる散歩かな

葉牡丹はからくれなゐの渦の中

花時計葉牡丹を指す正午かな

冬の虹藍あざやかに立ちにけり

冬羽に替はる雷鳥まだまだら

眠るにもエネルギー要る冬木かな

けさよりは富士を見通す冬木かな

記憶力しかと衰へ蜜柑むく

折々に旧姓の顔ポインセチア

初雪は花の香りのしたたりけり

降る雪や餃子に透ける海老の赤

馬に青紙人に赤紙雪降り降る

加賀は水豊かなるかな雪見酒

風花や立てて並べて鼈甲飴

風花や小籠包の汁熱く

湯豆腐やそのひと言がやつと言へ

軒つらら社宅住ひの一年目

荒巻の口から塩がざくざくと

信州の太陽どかと干寒天

静かさや池に雪降る京の寺

大漁や船の鱈にも雪つもる

新年

この国に八万の島雑煮餅

雑煮椀なま麩の手まりはづみけり

ピアノの椅子出して家族の新年会

糟糠の妻には遠し初鏡

正月の光に蘭の蕾あり

福神の笑ひ聞きたし宝船

福の神結び柳の輪のなかに

月となり日となる扇舞初

春

涅槃図や象もらくだも膝を折り

雪柳五ミリの花の清しさよ

この雨にあすは紅梅開きさう

流氷は白き炎を上げて来る

せせらぎを手もとでゆるめ雛流す

むくつけき蕾の形アネモネは

嬉しさは春の服よりこぼれけり

野遊びやぐんぐん空をゆく鳥よ

耳押さへ赤子湯浴みす桃の花

花よりもひと足前に桜餅

今も在るか桜の奥の尼寺は

咲き初めし花の氷れりお水取

鹿の子の濡るる眼も桜かな

天ぷらをいやといふほど花見舟

金婚を過ぎれば同志八重桜

飴山忌あす夕顔の種蒔かん

雀の子石灯籠を出つ入りつ

ギターばかり弾いてゐる子や春休み

土佐水木花から花へ雨伝ふ

菜の花と貝のパスタで春惜しむ

春風に持ち上げらるるバレリーナ

春風や雲も東京吾も東京

春風や器大きな愛妻家

蛤は香合となり富貴の座へ

箱で来て箱の好きなる子猫かな

春愁や小びんの中のゴビ砂漠

次の波来ればなくなる桜貝

花と盛る姫鱒の紅くづしけり

桜湯の花も蕾も開ききけり

手のごとく足のごとしや山の独活

太陽に寿命あるとや麗らかな
麗らかや蛸の子混じる白子干

仏生会どれが雀の親か子か

連翹は光の花よ喝采よ

連翹は喜びの花供華にせん

春の婚吾にもありし背水の陣

白魚飯無きに等しき骨も食ぶ

水鳥はみづかき軽く水の春

雪囲解かれ太陽招じけり

春月も富士も大なり田子の浦

一番星空の奥まで朧かな

夢ひとつ勿忘草の花の中

くろがねの指をしたたる甘茶かな

小学校真上の崖を岩燕

花烏賊の墨のからまるパスタかな

一人一個新たまねぎのスープかな

みどり子の体内すべて春の水

干鱈あぶる白き怒濤を思ひつつ

この話聞かばたんぽぽ笑ひ出す

人生の後半楽し桜餅

大連をなつかしむ母柳絮飛ぶ

柳の芽単身赴任もうたくさん

関取に抱かれて笑ふ桜鯛

蓮の芽のあかあかたるが泥の中

葦牙や横浜村でありし頃
田鼠化し鶉となるも生き難し

木の枝に難破船ある古巣かな

摩崖仏髪の飾りかつつじ燃ゆ

働いて蜂の巣日ごと太りゆく

天ぷらにハワイの塩を八十八夜

北限の茶摘歌聞け羊蹄山

山茱萸の花の一つが暮れ残る

あとがき

『桜鯛』は私の初めての句集です。

　句集を編むにあたりましては長谷川櫂先生より懇切なご指導を頂き、句集名と身に余る序句を賜りました。有り難く心より御礼申し上げます。

　古志に入会しましてから十三年、長谷川櫂前主宰、大谷弘至主宰のもとで俳句を学んで参りましたが、その果実を一冊の句集に纏めることが出来ましたことは望外の喜びであります。また今思うと句集を編む過程で、めぐる季節に思いを馳せ自分の人生を振り返る貴重な経験もさせて頂きました。

　出版の労をお取りいただきました青磁社の永田淳様、装丁の加藤恒彦様、そして親しく励まして下さった句友の皆様にも深く感謝申し上げます。

　そして何よりも過ぎし日私に俳句の道を示してくれた亡き母にこの句集を捧げることが出来ますことを嬉しく思います。また句集作りの間、折りにふれ伴走してくれた夫にも感謝いたします。

二〇二一年　初冬

間宮　伸子

季語索引

あ行

青葉【あおば】（夏）
　青葉ごと回転ドアー廻りけり　二七
赤富士【あかふじ】（夏）
　赤富士や道理を通す人となれ　三七
秋【あき】（秋）
　オルゴール秋の光のやうに鳴る　五六
秋の水【あきのみず】（秋）
　朱の斑甘子も下る水の秋　五六
秋の夕焼【あきのゆうやけ】（秋）
　坂上る秋夕焼の只中へ　五二
明易【あけやす】（夏）
　吾を思ふ母の句のあり明易し　三一
蘆の角【あしのつの】（春）
　葦牙や横浜村でありし頃　一二二
アネモネ【あねもね】（春）
　むくつけき蕾の形アネモネは　九七
雨蛙【あまがえる】（夏）
　雨蛙今日にして今日はや古ぶ　二三
甘茶【あまちゃ】（春）
　くろがねの指をしたたる甘茶かな　一一六
アマリリス【あまりりす】（夏）
　一夜ぢゆう目覚めゐるなりアマリリス　二九
飴山忌【あめやまき】（春）
　飴山忌あす夕顔の種蒔かん　一〇二
亥の子【いのこ】（冬）
　あかあかと炭は熾りぬ亥の子餅　六五
岩燕【いわつばめ】（春）
　小学校真上の崖を岩燕　一一六
空蟬【うつせみ】（夏）
　蟬の殻脱ぐ音のする夜明けかな　二五
独活【うど】（春）
　手のごとく足のごとしや山の独活　一〇九

海猫【うみねこ】（夏）
海猫は波より白し一万羽　一六
麗か【うららか】（春）
麗らかや蛸の子混じる白子干　一一〇
太陽に寿命あるとや麗らかな　一一〇
朧【おぼろ】（春）
一番星空の奥まで朧かな　一一五
お水取【おみずとり】（春）
咲き初めし花の氷れりお水取　一〇〇

か行

柿【かき】（秋）
ひとつづつ富有柿にみなバーコード　五二
掛柳【かけやなぎ】（新年）
福の神結び柳の輪のなかに　九二
風花【かざはな】（冬）
風花や小籠包の汁熱く　八三
風花や立てて並べて鼈甲飴　八三
鰍【かじか】（秋）
何怒る鰍はまなこ三角に　五三
蕪【かぶ】（冬）
蕪煮るやみぞれの色のしみるまで　六九
髪洗ふ【かみあらう】（夏）
母の髪洗ふ「あなたを生んでよかつた」二四
亀の子【かめのこ】（夏）
亀の子の逃げんとするをひき戻し　一三
雁【かり】（秋）
湖に真雁五万羽ひと休み　五八
榠樝の実【かりんのみ】（秋）
花梨の実青空高く忘れられ　五一
枯草【かれくさ】（冬）
枯草にとまりて蝶の顔静か　七四
枯野【かれの】（冬）
太陽の匂ひしてゐる枯野かな　六三
寒天製す【かんてんせいす】（冬）
信州の太陽どかと干寒天　八五

寒牡丹 【かんぼたん】（冬）
　名は太陽大輪にして冬牡丹　　　　　　　六七
木守 【きまもり】（冬）
　木守や一度聞きたき父の声　　　　　　　六二
金魚売 【きんぎょうり】（夏）
　金魚すくひなさけに一つくれにけり　　　三五
銀杏 【ぎんなん】（秋）
　世の中を知らぬふたりや銀杏の実　　　　五八
草の芽 【くさのめ】（春）
　蓮の芽のあかあかたるが泥の中　　　　　一二一
草矢 【くさや】（夏）
　当たりては微笑み返す草矢かな　　　　　二四
葛饅頭 【くずまんじゅう】（夏）
　わが一生まだまだつづく葛桜　　　　　　三三
雲の峰 【くものみね】（夏）
　子二人に未来が二つ雲の峰　　　　　　　一五
夏至 【げし】（夏）
　夏至の夜の腥き手をなめる猫　　　　　　一三

香水 【こうすい】（夏）
　香水をつけて女の戦ひへ　　　　　　　　二六
紅梅 【こうばい】（春）
　この雨にあすは紅梅開きさう　　　　　　九六
凩 【こがらし】（冬）
　凩は島を一周して海へ　　　　　　　　　六四
炬燵 【こたつ】（冬）
　しばらくは知らない人と炬燵舟　　　　　七二
小鳥 【ことり】（秋）
　悲しみのまん中に来る小鳥かな　　　　　五五
更衣 【ころもがえ】（夏）
　風入れてたよりなきかな更衣　　　　　　一一

さ行

桜 【さくら】（春）
　今も在るか桜の奥の尼寺は　　　　　　　一〇〇
桜貝 【さくらがい】（春）
　鹿の子の濡るる眼も桜かな　　　　　　　一〇一

次の波来ればなくなる桜貝　一〇八
桜鯛【さくらだい】（春）
関取に抱かれて笑ふ桜鯛　一二一
桜漬【さくらづけ】（春）
桜湯の花も蕾も開きけり　一〇九
桜餅【さくらもち】（春）
人生の後半楽し桜餅　一一九
花よりもひと足前に桜餅　九九
笹鳴【ささなき】（冬）
笹鳴や湯が走り去る伊豆の坂　六六
サマードレス【さまーどれす】（夏）
サマードレス昔は電話壁へ向き　二九
山茱萸の花【さんしゅゆのはな】（春）
山茱萸の花の一つが暮れ残る　一二五
塩鮭【しおざけ】（冬）
荒巻の口から塩がざくざくと　八五
鴫【しぎ】（秋）
磯鴫のあそぶ海辺の家を買ふ　四九
時雨【しぐれ】（冬）
時雨るるやすぐ陽のもどる浮御堂　六四
滴り【したたり】（夏）
滴りにゆるる花あり名は知らず　一一
滴りは山の歓喜や滴一滴　三九
仕舞始【しまいはじめ】（新年）
月となり日となる扇舞初　九二
芍薬【しゃくやく】（夏）
みしみしと開く芍薬一夜がけ　二八
終戦記念日【しゅうせんきねんび】（秋）
熱き茶を飲みつつしんと敗戦忌　四三
春愁【しゅんしゅう】（春）
春愁や小びんの中のゴビ砂漠　一〇七
春装【しゅんそう】（春）
嬉しさは春の服よりこぼれけり　九八
正月【しょうがつ】（新年）
正月の光に蘭の蕾あり　九一
白魚飯【しらうおめし】（春）

白魚飯無きに等しき骨も食ぶ　一一三
白絣【しろがすり】（夏）
長男に亡き夫重ね白絣　三二
新玉葱【しんたまねぎ】（春）
一人一個新たまねぎのスープかな　一一七
新年会【しんねんかい】（新年）
ピアノの椅子出して家族の新年会　九〇
鮓【すし】（夏）
笹の葉を開けば花か鱒の鮓　一七
涼風【すずかぜ】（夏）
風涼しひと日で潰すトウシューズ　一八
納涼【すずみ】（夏）
夕涼み夜が隣に来てをりぬ　三四
雀の子【すずめのこ】（春）
雀の子石灯籠を出つ入りつ　一〇三
酢橘【すだち】（秋）
酢橘しぼり阿波の光をしぼりけり　五三
砂日傘【すなひがさ】（夏）
残されて退屈である砂日傘　三五
蟬【せみ】（夏）
子を呼びに来し子の声や蟬の中　二五
雑煮【ぞうに】（新年）
この国に八万の島雑煮餅　八九
雑煮椀なま麩の手まりはづみけり　八九

た行

大根【だいこん】（冬）
太陽さす大根の穴すこやかに　七五
詠みたきは泥大根のやうな句を　七五
泰山木の花【たいさんぼくのはな】（夏）
泰山木の花は光の器かな　一二
花よりも大きなつぼみ泰山木　一二
台風【たいふう】（秋）
台風一過毬藻元気に回転す　四五
鯛焼【たいやき】（冬）
鯛焼や生れ替はりて鯛になれ　六一

宝船【たからぶね】（新年）
福神の笑ひ聞きたし宝船　九一
筍【たけのこ】（夏）
靴箱に入れて筍届きけり　一〇
七夕【たなばた】（秋）
七夕竹短冊軽く眠りをり　四四
鱈【たら】（冬）
大漁や船の鱈にも雪つもる　八六
蒲公英【たんぽぽ】（春）
この話聞かばたんぽぽ笑ひ出す　一一九
茅の輪【ちのわ】（夏）
波の音響く茅の輪をくぐりけり　一四
茶摘【ちゃつみ】（春）
北限の茶摘歌聞け羊蹄山　一二五
月【つき】（秋）
月光を浴びて菩提樹涼しからん　四七
躑躅【つつじ】（春）
摩崖仏髪の飾りかつつじ燃ゆ　一一三
氷柱【つらら】（冬）
軒つらら社宅住ひの一年目　八四
田鼠化して鶉と為る【でんそかしてうずらとなる】（春）
田鼠化し鶉となるも生き難し　一一二
籐椅子【とういす】（夏）
籐椅子や老いてこの先無計画　二〇
冬瓜【とうが】（秋）
切り売りのはてに冬瓜なくなりぬ　四七
冬眠【とうみん】（冬）
土もまたけもののごとし冬眠す　七三
心太【ところてん】（夏）
退職後十万時間ところてん　二三
土佐水木【とさみずき】（春）
土佐水木花から花へ雨伝ふ　一〇四
年用意【としようい】（冬）
かつぶしの袋猫にも年用意　六五

な行

梨【なし】（秋）

洋梨のやうには詩心追熟せず　五一

茄子【なす】（夏）

伸びすぎて間の抜けてゐる茄子かな　三七

茄子の馬【なすのうま】（秋）

若き父老いし母乗せ茄子の馬　四三

刀豆【なたまめ】（秋）

一尺もある刀豆の重たしや　五七

夏燕【なつつばめ】（夏）

列柱のごとき断崖夏つばめ　一五

海鼠【なまこ】（冬）

海鼠にも喜びの日のありぬべし　六九

鳴滝の大根焚【なるたきのだいこたき】（冬）

大根焚大根と心通ひ合ふ　七六

煮凝【にこごり】（冬）

海風の音聞きながら煮凝りぬ　六六

日記買ふ【にっきかう】（冬）

日記買ふ恋はいつしか友情に　六二

猫の子【ねこのこ】（春）

箱で来て箱の好きなる子猫かな　一〇七

涅槃会【ねはんえ】（春）

涅槃図や象もらくだも膝を折り　九五

合歓の花【ねむのはな】（夏）

葉は先に眠つてしまひ合歓の花　一九

野遊【のあそび】（春）

野遊びやぐんぐん空をゆく鳥よ　九八

後の月【のちのつき】（秋）

オリーブの実や漆黒の十三夜　四六

は行

白鳥【はくちょう】（冬）

白鳥は水の花とや諍へり　六一

箱庭【はこにわ】（夏）

口笛は昭和のしらべ箱庭に　三四

芭蕉布【ばしょうふ】（夏）
芭蕉布に透けてきびきび肘うごく　二六
蓮【はす】（夏）
紅はちす一つに一つ影流る　三〇
八十八夜【はちじゅうはちや】（春）
天ぷらにハワイの塩を八十八夜　一二四
蜂の巣【はちのす】（春）
働いて蜂の巣日ごと太りゆく　一二四
初鏡【はつかがみ】（新年）
糟糠の妻には遠し初鏡　九〇
初雪【はつゆき】（冬）
初雪は花の香りのしたりけり　八一
花烏賊【はないか】（春）
花烏賊の墨のからまるパスタかな　一一七
花野【はなの】（秋）
今生の花野といはん棺の中　四四
花見【はなみ】（春）
天ぷらをいやといふほど花見舟　一〇一
葉牡丹【はぼたん】（冬）
花時計葉牡丹を指す正午かな　七七
葉牡丹はからくれなゐの渦の中　七七
蛤【はまぐり】（春）
蛤は香合となり富貴の座へ　一〇六
春【はる】（春）
春の婚吾にもありし背水の陣　一一二
春惜しむ【はるおしむ】（春）
菜の花と貝のパスタで春惜しむ　一〇四
春風【はるかぜ】（春）
春風に持ち上げらるるバレリーナ　一〇五
春風や器大きな愛妻家　一〇六
春風や雲も東京吾も東京　一〇五
春の月【はるのつき】（春）
春月も富士も大なり田子の浦　一一四
春の水【はるのみず】（春）
水鳥はみづかき軽く水の春　一一三
みどり子の体内すべて春の水　一一八

春休み【はるやすみ】（春）
ギターばかり弾いてゐる子や春休み　一〇三
斑猫【はんみょう】（夏）
道をしへ教へ疲れて眠りけり　二一
ハンモック【はんもっく】（夏）
こころ今この世にあらずハンモック　二一
ハンモックワーズワースの詩を想ふ　二〇
日傘【ひがさ】（夏）
日傘さして入る竹林世界かな　九
蟇【ひきがえる】（夏）
蟇吾に貧しき戦後あり　二三
干鱈【ひだら】（春）
干鱈あぶる白き怒濤を思ひつつ　一一八
雛流し【ひながし】（春）
せせらぎを手もとでゆるめ雛流す　九七
冷し瓜【ひやしうり】（夏）
縁側で足をぶらぶら冷し瓜　一七
氷河【ひょうが】（夏）
ポケットウィスキーザックに入れて氷河まで　三八
昼顔【ひるがお】（夏）
昼顔やきのふ忘れろけふの花　三〇
昼寝【ひるね】（夏）
昼寝せぬとは可愛げのなき人よ　一八
風船葛【ふうせんかずら】（秋）
風船葛なかは溜息ばかりとや　四八
蓑虫と遊ぶ風船かづらかな　四八
蕗【ふき】（夏）
蕗を煮て父母と居る心地かな　一六
河豚【ふぐ】（冬）
河豚の膳みなとみらいを雲ながれ　六八
仏生会【ぶっしょうえ】（春）
仏生会どれが雀の親か子か　一一一
蒲団【ふとん】（冬）
白富士へ晴々と干す布団かな　七〇
太陽に最も近し干布団　七一
冬【ふゆ】（冬）

冬羽に替はる雷鳥まだまだら　七八
冬枯【ふゆがれ】（冬）
プラタナス枯れてブーツの季節来る　六三
冬木【ふゆき】（冬）
けさよりは富士を見通す冬木かな　七九
眠るにもエネルギー要る冬木かな　七九
冬菫【ふゆすみれ】（冬）
極楽はあるかも知れず冬すみれ　七三
冬の虹【ふゆのにじ】（冬）
冬の虹藍あざやかに立ちにけり　七八
古巣【ふるす】（春）
木の枝に難破船ある古巣かな　一二三
蛇衣を脱ぐ【へびきぬをぬぐ】（夏）
眼の形きれいに抜けて蛇の衣　一三
ポインセチア【ぽいんせちあ】（冬）
折々に旧姓の顔ポインセチア　八〇
はうぼう【ほうぼう】（冬）
魴鮄は大きな顔で嘆きけり　七四
ボート【ぼーと】（夏）
ボートこぐ君に一生を託せとや　二八
星月夜【ほしづきよ】（秋）
立ちしまま鯨は眠る星月夜　四六
牡丹【ぼたん】（夏）
白牡丹開き山々うつとりす　一九
牡丹焚火【ぼたんたきび】（冬）
牡丹焚焔静かにひるがへる　六八
牡丹焚く香りの中にしばし我　六七
ホップ【ほっぷ】（秋）
トラックの荷台に立ちてホップ摘む　五七

ま行

鱒【ます】（春）
花と盛る姫鱒の紅くづしけり　一〇八
繭【まゆ】（夏）
ささやきの声がみどりの繭の中　二七
蜜柑【みかん】（冬）

記憶力しかと衰へ蜜柑むく　八〇
水鳥【みずどり】（冬）
水鳥の二羽増えてゐる散歩かな　七六
水羊羹【みずようかん】（夏）
夫となる人腕太し水羊羹　三二
虫干【むしぼし】（夏）
虫干や母の遺品に父の文　一四
鵙の贄【もずのにえ】（秋）
鵙の贄まだあをあをとしてをりぬ　四九
紅葉【もみじ】（秋）
紅葉の崖軽々と滝かかる　五四
桃【もも】（秋）
山々やあかつき色の桃をむく　四五
桃の花【もものはな】（春）
耳押さへ赤子湯浴みす桃の花　九九

や行

八重桜【やえざくら】（春）
金婚を過ぎれば同志八重桜　一〇二
柳の芽【やなぎのめ】（春）
柳の芽単身赴任もうたくさん　一二〇
夕焼【ゆうやけ】（夏）
子を産みし後の熟睡や大夕焼　三一
雪【ゆき】（冬）
馬に青紙人に赤紙雪降り降る　八二
静かさや池に雪降る京の寺　八六
十八歳雪の穂高に眠りけり　七〇
降る雪や餃子に透ける海老の赤　八一
雪折【ゆきおれ】（冬）
雪折やミモザは蕾びつしりと　七二
雪囲とる【ゆきがこいとる】（春）
雪囲解かれ太陽招じけり　一一四
雪見【ゆきみ】（冬）
加賀は水豊かなるかな雪見酒　八二
雪柳【ゆきやなぎ】（春）
雪柳五ミリの花の清しさよ　九五

湯豆腐【ゆどうふ】(冬)
湯豆腐やそのひと言がやつと言へ　八四
百合【ゆり】(夏)
百合横抱きに高速のエレベーター　三六
ヨット【よっと】(夏)
不安な青春ヨット部の二人かな　三三
ヨット白し葉山に母を訪ねし日　三六
夜長【よなが】(秋)
絶望が行つたり来たり夜長かな　五五
わが町の老いて静かな夜長かな　五四
夜の秋【よるのあき】(夏)
母に死の翼の生えて夜の秋　三八

ら行

立夏【りっか】(夏)
夏立つやするりと抜ける烏賊の腸　一〇
孟宗の節白々と夏に入る　九
柳絮【りゅうじょ】(春)
大連をなつかしむ母柳絮飛ぶ　一二〇
流氷【りゅうひょう】(春)
流氷は白き炎を上げて来る　九六
良夜【りょうや】(秋)
里芋に子芋孫芋良夜かな　五〇
つぎつぎと子をなす蘇鉄良夜かな　五〇
連翹【れんぎょう】(春)
連翹は光の花よ喝采よ　一一一
連翹は喜びの花供華にせん　一一二

わ行

鷲【わし】(冬)
尾白鷲万里飛び来て雪の木に　七一
勿忘草【わすれなぐさ】(春)
夢ひとつ勿忘草の花の中　一一五

初句索引

著者略歴

間宮 伸子（まみや のぶこ）

1942 年　埼玉県生まれ
2008 年　古志入会、現在古志同人

現住所　〒 226-0002 横浜市緑区東本郷 2-14-22

古志叢書第六十六篇

句集　桜鯛

初版発行日　二〇二一年十二月十日
著　者　間宮伸子
定　価　二〇〇〇円
発行者　永田　淳
発行所　青磁社
京都市北区上賀茂豊田町四〇－一（〒六〇三－八〇四五）
電話　〇七五－七〇五－二八三八
振替　〇〇九四〇－二－一二四二二四
http://seijisya.com
装　幀　加藤恒彦
印刷・製本　創栄図書印刷

ISBN978-4-86198-523-2 C0092 ¥2000E

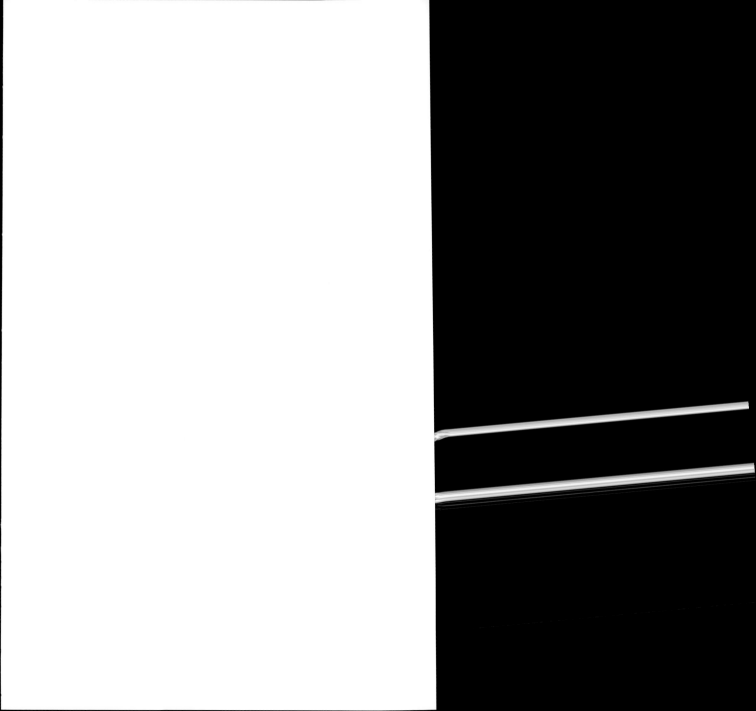

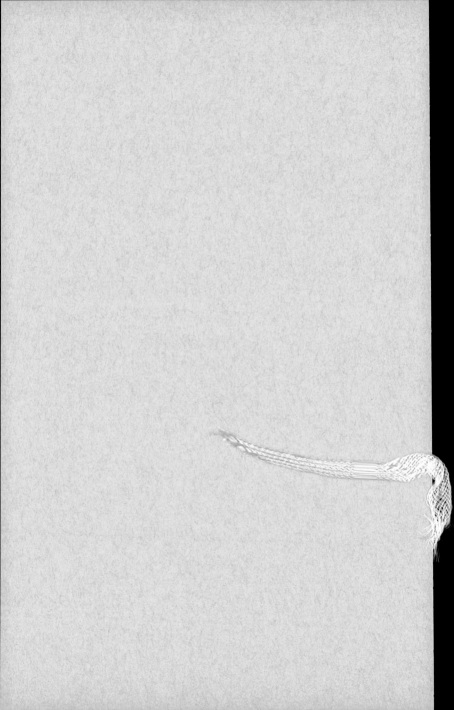